AKOKIT

Dépo légal : Dec 2023

Copyright © Joel Perrot, 2023
Copyright © Illemoun, 2023

Dwa résèwvé. Ki sa ki rèprézantasyon, mofwazaj, adaptasyon oben rèpwodiksyon pa nenpòt ki mannyè é menm pa zing défandi kalanswa péyi-la si dayèpouyonn pa ni on lotorizasyon maké a mèt a liv-la.

info@illemoun.com
www.illemoun.com

ILLEMOUN LLC
_____

ISBN: 978-2-9562373-5-8

AKOKIT

Istwakout an gwadloupéyen

Joël Perrot

LIV A MENM MAKÈ-LA

Soufriyè A Santiman
Édisyon Illemoun, 2022

Réfléchi
Édisyon Illemoun, 2022

On rèv Savann Pou Krab Solèy
Édisyon Illemoun, 2017

Une Savane De Rêve Pour Les Crabes Soleil
Édisyon Illemoun, 2017

A Savannah Dream For The Sun Crabs
Édisyon Illemoun, 2017

Fasadaj
Asi on bannzil ki kité pòt a-y ouvè,
Édisyon Gwosiwo Press, 2008

Lapli an fon a Man Rat
Édisyon Gwosiwo Press, 2006

Kléopatra de Karukéra
Édisyon Gwosiwo Press, 2005

An té ka sizé asi bayè an masonn a lékòl-la ka anni rakonté istwa konsa...

USIYUS !

Ou toudi, ou vwè zétwal anmitan jou. Ou vin ka dansé kon lòlò, épi yo kochi bèk a-w ! Zépon an asyé anjan a-w, men sa pa sèvi-w hak. Okontrè, sé janm a-w sa té ka pli anbarasé davwa ou té ka santi-yo tèlman lou. Pétèt pli lou ki zèl a-w. Épi ou pran plon. Ou pa té adan sa ankò. Wè ! Lèwgadé ou pa lévé.

Kididonk sé lòt la ou bay chanpyon. Sé sa ou ka trenné an tèt a-w, jou asi jou. Poutan, Usiyus ou sé yenki on poul. On enstriman ! On joujou pou mèt a-w Jèwvé ki ka konprann anba fon-la sé ta-y tousèl. A-a ! Usiyus !

É anba fon-la ? Jèwvé vé pa pon-moun bòdé anlè on tè ki pa ta-y

tousèl, men i pa ka vwè tousa i tini ka kaskòd anlè-y. Madanm a-y chapé anlè-y, kabrit a-y wouvè anlè-y, é mi alè sé tou a zòt. Jèwvé pa ka fè sosyété évè ponmoun. A ! I pa k'ay vwè fanmi a-y padavwa i hay yo-tout ! Poutan, toutmoun savé byen sé fanmi a-y-lasa ja fè tousa yo pé pou dousi lèdmannyè a Jèwvé-lasa, men i vé pa tann mach ! Pou li, sé yo ki pa bon. Alò yo ka touvé-yo ja bon osi évè Jèwvé. Yo ja di-y jou-la i ké mò la, a pa ponmoun ké vin an véyé a-y. Pa atann ké tini bon soup, bon jédimo é bènaden. An lantèwman-la a pa pi moun ké an lari-la.

Kouté pou tann ! Moun ka di Jèwvé pa té konsa, é sé on moman apré zafè a konba a kòk a-y-la, tout chodo a-y touné. I té koumansé enmé payé gwo lajan, fè biten i pa té ka menm konprann, san té rann-li kont mi sé sa té ka mété-y an dabò. I mèt tout lajan a-y adan konba a kòk. A ! I té k'ay adan pit a kòk kon patini. Sété pou sa madanm a-y té kité-y. I di Jèwvé :

— Awa an pé'é pé. Lèwvwè ou ké

pèd labitid a-w-lasa, pétèt an ké woutouné. Men si sèlman ou ni on kaz misyé !

— Doudou an-mwen. Tini dòt solèy, konprann-mwen souplé.

Wè, si Jèwvé té tini on kaz, padavwa, fo sav Jèwvé té jwé kaz a-y é i té pèd li. Wè ! I té pèd kabrit a-y osi, bèf a-y osi. Anfen, tousa Jèwvé té tini, i té pèd yotout.

Men toutmoun savé, a pa tout biten ki ka fin an ké a

bougo ! Jèwvé mòso fè-la té rété évè twa kòk. Yenki yonn adan-yo ki té fè-y pèd tousa i té tini : Usiyus.

Twa kòk ! Men sav sété twa kòk kanmenm. Poubonvwé Jèwvé pa té éséyé solisyon a moun ki té konnèt. I té ja twota ba-y. Épi apré i té yenki vin lènmi évè toutmoun. Alò, pou i té vin gannyé lajan, i di i k'ay vwè on moun ki ni onlo bèl pouvwa anfon

bwa a Man Tibilon, otila kalbas vèt ka tonbé atè pou ba-w dé kwi, lò sa ki sèk ka rété pann bòk an branch.

Moun-lasa ki anfon bwa a Man Tibilon la, sé on moun yo pa ka janmen nonmé non a-y. Awa ! Évè lè ou sèten ay la, fè-w pati nipyé dèpi kaz a-w. Anfen, silon rézon ou tini !

On katrè d'maten sonné, Jèwvé vin pran pyé a maché a-y, soulyé a-y adan on sak. I mèt poul a-y Usiyus adan on pannyé trésé. Douvanjou-lasa, Usiyus té k'ay vin kòk vénéré a-y. On bèt ki pa kon nenpòt ki bèt. Moun-la yo pa ka nonmé non a-y-la fè on travay asi Usiyus. Jèwvé menm pran pè ! Jèwvé mandé moun-la :

— Sé dé zòt an-mwen-la ké vayan kon-y osi ?

— Ka-w ka d i la ? Yo ké fò osi men, kon sé Usiyus sèlman ou méné, savé Usiyus ké fò pasé-yo !

— Aben travay-la bon toubòlman.

— Mi pati épi rèstan a sa pou

bennyé-yo. An di-w ka pou ba-yo manjé, é ka pou rèspèkté. Toujou byen rèspèkté tousa en !

— Pa okipé-w. An ké fè sa ki fo pou mwen mèt an pit-la.

— Jèwvé ! Jòdila, ou vin owa an-mwen. Ou pa boulé, ou pa pè, ou ni tèt a-w, é ou dèyè pawòl a-w. Sa ou té vé pou Usiyus é ba-w, sé sa an fè ba-w. Sonjé sa en !

***

Ka ki fèt ? Ében sété jouswa a on gwo lapli ki té tonbé, mélé adan on

van fò é fòl, sé twa kòk a Jèwvé-la anni chapé kò a-yo padavwa on pyébwa té vin tonbé la yo té ka rété la. Pyébwa-la té krazé kalòj a-yo.

Jèwvé té byen sav, sé bèt-la té santi danjé, men i té konprann yo té yenki séré kò a-yo kèk koté. Men ola ? Sé tousa ki té pousé-y alé anba mové tan-la osi. On manto jòn té anlè-y. On pwojèktè adan on men a-y an nwasè-la té ka kléré ki anba é ki anwo a branch a bwa. Jèwvé-lasa pa té paré sové kò a-y an kaz a-y jouswa-lasa. Onsèl biten i té ka di :

fè pa bèt a konba a-y tonbé an men a lènmi i tin an pit a kòk-la. Fè pa bèt a konba a-y tonbé an men a moun ki pa konnèt ni ka ki kòk vayan, ni ka ki kòk ki ni ras.

Ka ki rivé ? Té ni on biten anba sé pakèt zéklè-lasa. Usiyus chanjé tout lidé ki té an tèt a sé lézòt kòk-la. Kifè, yo pa viré owa mèt a-yo a moman-lasa. Yo té pasé lannuit lwen a bik a-yo. Yo té anni vin poul a ponmoun, é Jèwvé té ka touvé-y ankò onfwa konkonm san grenn.

An tèt a poul kon Usiyus, sété yenki imaj a pit a kòk. Pa té tini woulo-bravo. Sété yenki match pèd, yenki défèt, yenki imaj a dòt kòk kon limenm ki té ka déplimé-y. Sé pouki konyéla i di sé dé zòt kòk-la pou yo té ay évè-y dèyè tousa ki té ba-y kou an pit a kòk a Mizétaw. I pa té janmen ni tan pou i té pé pran rè-vanch a-y. Sé konsa i di :

— Fè-nou touvé lakou a tout po-priyétè poul pou fè nonm an-nou, imilyé sé kòk-la an lakou a-yomenm.

— P'on kòk pé ké vini bèkté asi

krèt an-nou... yo pé'é vin manjé bèk an-nou.

Krèt a-yo té kòsto, plim a-yo té tayé onjan ki té ka fè-w konprann yo té k'ay adan on ripaj a koup aéodinamik. An lèspri a-yo, yo té pli mofwazé ki fèlè. Fòs té an zèl a-yo, kout bèk a-yo té brital é mové pou fè sa yo té vé adan nenpòt lakou.

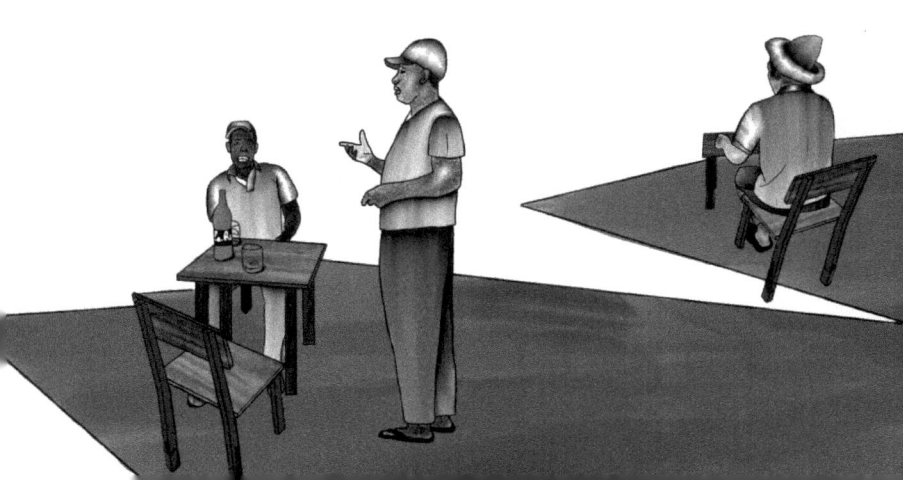

Lanmenmla, Limadè piti popriyétè té vin pri adan sa. I vin touvé senk bèt a-y mò an lakou a-y. Sé konsa i rivé an bivèt a Man Simòn, figi a-y halé kon kravat a on kominis péyi. I té ka dérakonté manglous té pasé kyouyé yenki sé bèl kòk-la i té tini la, lò i té byen sav, léta-la i té touvé-yo la, a pa té pyès travay a manglous ki té kochi pa la. Men an tèt a-y, i té byen sav i pa té touvé sé bèt-la an kalòj a-yo. Kidonk, ba-y menm, sé on moun ki fè-y sa. Men kimoun -ésa ? Mi on bab ba-y toubòlman. I té ka éséyé sondé ka ki té pasé koté sé boug-la i té ka vwè la, men i poto adan sa pyès !

Jèwvé ki té la osi anni vin ka di Limadè :

— Ou touvé sé a-w-la mò ! Men sé twa-la ki té ka rété mwen la, si ou ka sonjé dènyé gwo lapli ki té fèt, ében dèpisa, an poko jan' wouvwè grenn a zyé a-yo ankò.

— Pa vwé a-w Jèwvé. Jan-la ou enmé-yo la, ou lésé-yo chapé !

— Men ka ou ka konprann ? An té ké vin la rakonté maji ! On boug kon mwen ki ka pèd toulongalé... dé dènyé wikenn a sézon-la, an ranmasé gwo !

— A-a ! Jèwvé, sa sété on kou chans Jèwvé. Ou poko réyisi fè poul gannyé kon mwen. Men alè-la ka nou kay fè ? Woukoumansé a zéwo !

— Awa ! Pa pété tèt a-w ban-mwen. An sav omwen yonn adan sé kòk an'an la ké wouviré. Maké pawol-la an ka di-w la.

— Kisa ou ka rakonté la Jèwvé ?

— Zòt pé fè sa zòt vé. Sé ti kòk bata a-zòt-la... zòt pé ay chèché-yo nenpòt kikoté an karayib-la, mé sav alè-la sé yo ki ké sèvi poulbwa pou Usiyus an-mwen.

— Arété la Jèwvé. Ou pèd ta-w, an pèd tan-mwen. F'an vwè lavérité !

***

Ka ki pasé ? Usiyus toulakonsa an komin-la é dé kòk lib ka défyé tout géryé ki té ka frékanté lawond a pit a kòk. Sété on goumé san manman, san papa, ki té ka pran chak lakou, san ponmoun savé. Dabitid, on popriyétè té toujou ka voyé on koutzyé asi bèt a-y, men lè tan pou i té fè sa, i té ja twota davwa sé mouskètè a plim-la té pati dépayé pou lèpiw. Toupannan Jèwvé té ozabwa, ja monté é désann anba bwa é dèyè bwa san sa bay hak, i té oblijé konyéla atann kitan, kijou, kilè yo té ké vé déviré koté-y. Atann Jèwvé ka atann.

Déotwa jou pasé épi sa koumansé ay mal. Yonn adan sé akonpanyatè a Usiyus-la anni vwè on kou sab tonbé anlè a-y kon asi on koko nen. Yo koupé kou a-y fwèt ! Men, kon san a-y té cho, i kontinyé kouri titak épi i pran lavòl san tèt. Safè, i té janmbé on bayè pou i té ay fin mò kèk koté ponmoun pa sav. Sa té lésé Usiyus é lòt ti kòk-la on tan pou yo té pran pat a kouri a-yo é sové kò a-yo. Boug-la ki té fè sala pa té savé ka ki sé kòk-lasa. I té aji pou défann lakou a-y.

Épi mi, konyéla sèl é dènyé zanmi goumè a Usiyus vin ka éséyé fè Usiyus pran konsyans. I di fè-yo arété zuilé lanmò konsa san ponmoun konprann. Limenm a-y pa té tini afè épi ni poul, ni manglous, ni rakoun. Limenm a-y poto jan' rantré adan on pit. Aprann i té ka aprann, men i pa té vé pòté zépolèt a p'on kòk mawon, anjan-la Usiyus té ka inisyé-y la.

Menm poul ki pa té ni p'on afè évè Usiyus té ka pran fè adan tousa. Konyéla sa pa té ka sèvi hak kité poulayé a-w pou pasé lannuit ki anba bwa, ki anlè branch a bwa, épi, chak maten, goumé évè dòt poul pou manjé a-yo. Byen savé, pa konnèt mové ! Sé popriyétè-la pa tèbè ! Yo té koumansé ka véyé tout poul a-yo, zouti a-yo an men a-yo.

Usiyus pa té ka santi-y anlarèl a sa ti kòk-la té ka éséyé fè-y konprann.

— Ay fè chimen a-w si-w vé. Rantré aka Jèwvé.

— É-é-w Usiyus ?

— An ni on dènyé konba. An ké menné-y tousèl. An dèyè a-w.

Ti kòk-la fè pyé a-y. Épi an dé tan twa mouvman, i té ja rivé adan on kalòj doublèvé-doublèvé Jèwvé mèt a-y té ja mété doubout ba-y. Ki dlo a-y, ki ti réjim a ispò a-y vin té ka suiv li, kòtòk !

Jèwvé té onjan sèten larès kòk a-y té ké wouvin on jou. I arété chou-boulé-y plis. Léta a bèt a-y-la té pran fòm kon pa tini, san konté jan i té byen rapid. Poukibiten Usiyus té anni antréné-y adan mawonnaj é vanjans ? Lésé Jèwvé-la préparé-y ka travay andirans a-y é agrésivité a-y. Tikòk-la poto asé bon, men i té bon pli bonnè ki ta pou défann non é lakou a Jèwvé.

***

An soubwa a komin-la, on tousèltè té ka ba vyé chimen chenn. Usiyus té bizwen rantré an bab an lakou a Gwéna kon Zoro. Men rivé i rivé, i vin savé biten-la té ké rèd ba-y. Otila lansé on atak ? Gwéna pa piti popriyétè ! Usiyus anni vwè on lawmé a kòk toulakonsa pou fasadé évè-y. Trant kòk ki pa té kontan yo déranjé-yo lèwvwè yo ka nannan chè a koko sèk a-yo. Yotout té menm wotè-la, menm gwosè-la é près menm koulè-la, é yo té ka bèkté menm manjé-la. Sanblé anba solèy vèt la ki té tou ja byen égri la an jouné-la, Usiyus hélé on kokiyoko pli fò ki yotout ki té la. I montré-yo fal a-y, pap ! Yo té byen tann lokans a-y pa té ta nenpòt ti kòk gyenm. Usiyus rété la on moman kenbé grandè a-y.

Adan menm pozisyon-lasa, zyé a-y té anvi pèsé syèl-la. É sé sa ki fèt. Ou anni vwè on vizyon a tout fòs, tout énèwji a zanmi-la ki té pèd tèt a-y-la anba kou sab-la té ka vin touvé-y adan on vitès a aviyon ki ka lésé tras a-y an syèl blé la. Tout sé kòk-la ki té dépéché kò a-yo, sanblé douvan lakonsa : poukibiten poul Usiyus té vin jousla ? Yotout touné tèt a-yo ka gadé pa lòt koté a lakou-la otila Usiyus anni vwè on kòlòs a kòk.

Soukré kòlòs-la soukré mis a-y, ki fal a-y, ki plim a-y yenki gonflé asi-y épi dégonflé trankilman. Wè ! Lèwgadé kòlòs-la voyé on vyé min ka di i paré. Lanmenmla foul pou la ki yenki wouvè an dé kon pou ba on kous a bisiklèt gannyé, épi yo fèmé lawond pli vit ki van. Pa té ni p'on kou ki pa té adan, é sété onsèl kòk pou sòti vivan adan pit enpwovizé-lasa.

Konba té ka bay. Annou vwè ! Ou anni tann on kòk ki té kon sentinèl anpwenntèt a on pilo wòch fè on sinyal pété dèpi fon a gòj a-y :

— Mi-ma-ko-ka-viiiin ! Mi-Gwé-naaaaa ! Kaskòd kò ! Kaskòd plim !

Sé dé bouwo kòk-la ki té ja vorasman lansé goumé a-yo-la té oblijé arété, djoup ! Gadé a-yo

koulisé asi pwolonjman a bèk a-yo pou yo té anplen dé zyé a-yo.

— Nou ké kontré an dòt solèy, Usiyus di.

— Konba dèyè po'o mannyé, kòlòs a kòk a Gwéna-la ajouté épi on vwa ki té pé raché on fèy tòl.

Woy ! Tout poul payé menm biten ki adan sé fim Oliwoudyen la lèwvwè manblo rantré la ki cho. Usiyus mélé kò a-y lanpanmi détwa poul-la jilèwgadé yo montré-y on chimen chyen pou chapé san Gwéna vwè-y. Sété on gwo biz ki té ka

débouché òbò on kannal. Usiyus pasé pa-y. Anpenn i té ka vwè limyè-jou la pou i té rivé suiv li, men kanmenm i té rivé an sòti-la. É sé la i di bay rété doubout on moman pou woupran souf a-y. Safè, i gadé distance i té ja fè, é la on nwasè anni anvayi dèyè a-y, épi anni pran-y fap !

On gwo krab ka fè plis bwi lè i an kaptivité adan on bari. Usiyus pa ni tann, ni konprann hak ! I té ja pri adan on vwayaj andingotravè a on pòt ki té ka bay asi ondòt pòt. Sé davwa san a-y té tèlman cho, alò i pa té ni santi, ni vwè bòkò-la ki té pliyé atè-la kolé owa on tou an sòti a biz-la. Bòkò-la toudousman té vin ka détiré on gwo mòdan pou mènoté on pat a-y. Kivédi ! Krab-lasa té vini la yenki pou Usiyus.

Ében sété on krab yo té prété Jèwvé. Dèpi lèlan a landèmen, a gwo lapli-la ki té tonbé la, an van fò la ki té pasé la, Jèwvé té lagé twa krab osi, évè on misyon méné-vini kon ajan sèkrè. Anbistan-anbistan. Twa krab pou touvé twa poul. Wi ! Dèpi lèwvwè krab-la té ponnyé Usiyus, toulédé, yo té yenki disparèt oti douvan a-yo té plen solèy pou yo té byen wouparèt yochak an plas a-yo ki té ta-yo.

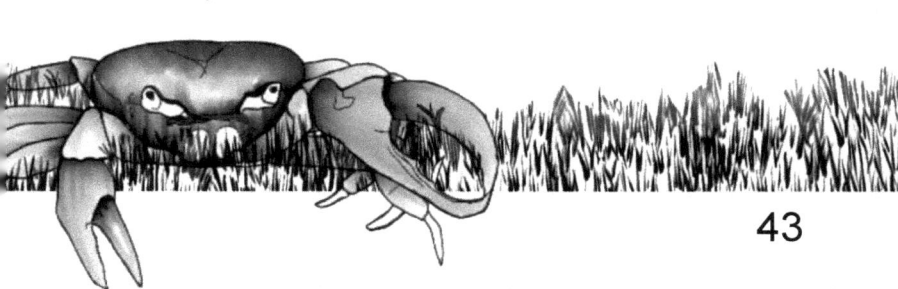

An poulayé a Jèwvé, ou té ka vwè on ti kòk ki té ja las atann. I pa té pé èspliké biten-lasa. I tann on tren men i pa vwè pèsonn, épi lè i bat zyé a-y ankò, Usiyus té la konsi i té pèd konnésans. Ti kòk-la hélé alarèpriz :

— Usiyus ! Usiyus ! Ka sa yé ? Ka sa ya ?

La, Usiyus woupran sans a-y anlè pat a-y pou di :

— An sé on mèt a kòk !

— Sé-w ki sav sa ou yé, ti kòk-la réponn-li.

Krab bòkò la li akont a-y té wousivwa pli bèl kiraj ki té an zayann a Man Tibilon, owa tala moun-la ki konnèt li la, pa ka janmen, men janmen, nonmé non a-y.

Jèwvé touvé bèt a-y an lakou a-y. I pa té konnèt kijan, men alè-la senkè d'maten té ké chanté diféraman ba zorèy a-y. I santi lavi tini on sourisman tou nèf ankò. Sézon-la té k'ay koumansé pannan on pati boug lésé grenndé anba tab a lannuit. Mi fo-y té pòté mannèv si i té vé rivalizé évè lé pli vayan mèt ki té ka frékanté pit a kòk a Mizétaw.

Gran jou-la rivé lèwvwè Jèwvé wouvwè twalétaj a Usiyus, i ay atann transpò komen obò chimen-la. Tribin a Mizétaw té an mémwa a-y. I sonjé machann pistach la é mòso doukoun a-y. I menm rivé sonjé doubout a pyé-korosòl la owa pit-la, ka près konstaté tout bò a chimen-la toutouni. Hak pa té ka lésé ponmoun kaché solèy-la. Moun san loto kon-y té ka atann, yo té ka swé kon kannanri chatenn ka grinyé ba-y anba tan cho-la. Alòs Jèwvé té la ka èspéré ti kè a-y pa kontré plis malè limenm ja tini. Lidé a-y ajékon ka pasé an tèt

a-y, kon on kòk anba bwa a-y. I di i sé on viktim, i pa tini ponmoun pou ba-y on pal, é i di ba Usiyus i sé on viktim osi. I ni on okipasyon é i pa ni lajan.

Lèwgadé, yo pa kité Jèwvé monté an transpò konmen a moun-la évè poul a-y.

Jèwvé té oblijé pran dé pyé a-y. Sa té ka vwè débouya a on nonm sé sèl chans a-y. Safè, Jèwvé pa té pyès rivé anrita an pit a kòk a Mizétaw, otila zagalakatéléman té ja koumansé. Moun menm on ! Monchè yo té vé é anmenmditan yo pa té vé matché Usiyus. Poukibiten-ésa ? Men adan tousa, pou sé poul-la menm, yonn té swaf lòt. Usiyus té ni onpakèt koulè an ké a-y, ou té ké di on pòt a flè. Bèl é gran plim an flèch pou fin an dèmi bouk.

Apré Mizétaw tonbé dakò évè Jèwvé, Mizétaw bokanté pawòl é moun, évè i pran miz a Jèwvé é ta toutmoun.

A ! Konba-la ki pa té bout an lakou a Gwéna-la, mi konyéla sa té k'ay woupran légalman, angran.

Zafè a moun pa enmé sa, pa té zafè a-yo kotésit. Pit a kòk a Mizétaw sété konba a kòk ou té ka vin vwè. Wè ! Tradisyon a Mizétaw é moun a pit, sété konba a kòk rèspèkté é byen réglé.

Usiyus té kòk-la ki pa té ka manjé manjé oubliyé. Èski kòlòs a Gwéna-la té byen paré ? Usiyus té rivé fè-y kouri on fwa. Vwa a tala pa té paré pou raché fèy tòl ankò lè yo wouméné-y douvan Usiyus. Zèl a-yo soulvé-yo an van-la, pat a-yo douvan. Prèmyé kou bèk té ka pran

lanmen. É Usiyus yenki fin ba kòk a Gwéna-lasa rété trankil a-y. Sété dènyé rèvanch-la i té bizwen pran la.

Doukou-la vin bout san i dégouté Jèwvé mèt a-y. Usiyus trapé on répitasyon. I rété on gran chanpyon aka Mizétaw, évè i ranpli pòch a Jèwvé kon sa té palé.

***

Ka ki pasé ? Ében pwochen kou lanin té vin ka sanm on lèlouz, sété Mizétaw ki té fin évè konba a kòk. I té mofwazé pit a kòk-la an sinéma

pou ba komin a Jèwvé ondòt figi, kifèwvwè, lajénès té touvé plézi pou distrè-yo gadé fim karaté, é dòt fim ankò. Jèwvé vin fè on won véyé biten-lasa évè Usiyus anba bwa a-y. I rété i di « kizafè-ésa ? » Épi la, Jèwvé gadé Usiyus. Usiyus gadé pyé-korosòl la ki té rété évè lodè a on dènyé korosòl mi. Lèwvwè Jèwvé lonji on lanmen a-y san prèsman pou pran korosòl-lasa, bòk a fwi-la tin tan lagé. É, korosòl mi la payé atè-la, montré tout grenn zyé nwè a-y ka gadé kon Jèwvé : « kizafè-ésa ? »

Jèwvé di érèzdibonè i té ja wougannyé kaz a-y, alò bay ba kò a-y on larèl séryé. I rantré an kaz a-y. Usiyus té konyéla adoumanman tini poulèt pou tann é konprann an poulayé-la. Jèwvé té paré pou vin on gran popriyétè ka vann sé bèt a zèl-lasa.

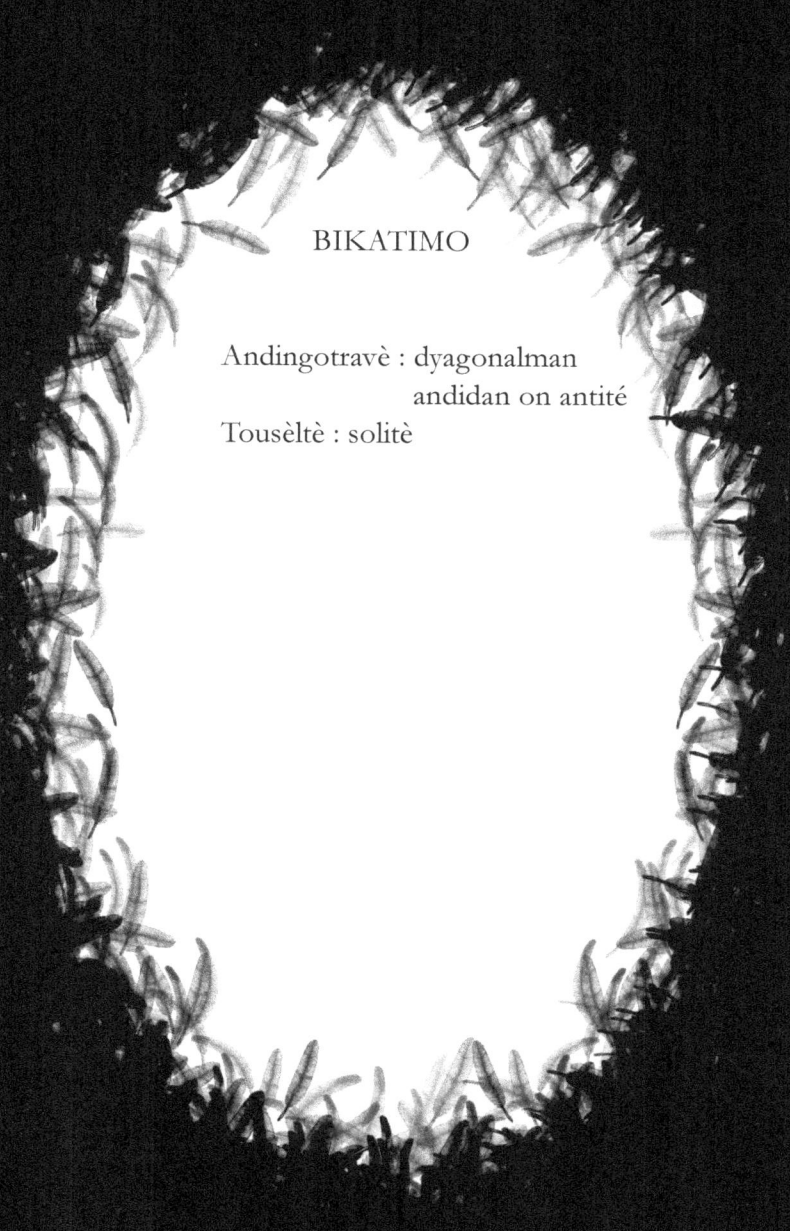

BIKATIMO

Andingotravè : dyagonalman
                      andidan on antité
Tousèltè : solitè

www.ingramcontent.com/pod-product-compliance
Lightning Source LLC
LaVergne TN
LVHW050026080526
838202LV00069B/6938